THIS MUST BE LOVE 2

Titre original : *Play the Tape Again Vol.2*

Traduction du coréen : Claire Lair (Studio Charon)
Correction, maquette et lettrage : Studio Charon
Suivi éditorial : Mathilde Péru

1, rond-point du Général-Eisenhower, 31101 Toulouse Cedex 9, France
editionsmilan.com

Dépôt légal : avril 2025 • ISBN : 978-2-408-05589-9
Achevé d'imprimer au 1er trimestre 2025 en Slovaquie par Polygraph
Plus d'information sur la fabrication de nos livres :
editionsmilan.com/comment-fabriquons-nous-nos-livres

MIXTE
Papier | Pour une gestion forestière responsable
FSC® C023577
FSC
www.fsc.org

DODO • LEE EUM-SAE

THIS MUST BE LOVE 2

YAM·YAM milan

UN, DEUX, TROIS, QUATRE, CINQ…
TU DISAIS QUOI ?
EST-CE QUE JE POURRAIS TRAVAILLER POUR VOUS ?
POURQUOI JE DEVRAIS T'EMBAUCHER ?

AH... C'EST-À-DIRE QUE...
LAISSE-LA SIMPLEMENT TRAVAILLER ICI !
JE T'AI DEMANDÉ TON AVIS ?!
BAM
CE QUE JE VOULAIS DIRE, C'EST QU'IL VA FALLOIR QUE JE ME CONCENTRE SUR MES ÉTUDES, MAINTENANT. JE NE POURRAI PLUS PASSER TOUT MON TEMPS ICI À FAIRE LE MÉNAGE.
MÊME SI JE L'EMBAUCHE, TU DEVRAS TOUJOURS VENIR NETTOYER LE SOL.

PEU IMPORTE, DONNE-LUI DU TRAVAIL. ELLE ME DOIT DE L'ARGENT.
SOIS ICI TOUS LES JOURS À 18 H, SAUF LE DIMANCHE, ET NETTOIE LE BAR DE FOND EN COMBLE.
PAF
ON OUVRE À 19 H.
D'ACCORD !
JE ME DONNERAI À FOND !

EST-CE QUE JE POURRAI ÊTRE PAYÉE AU JOUR LE JOUR ?
SUPÉRETTE
CHOCOPIE
GWIP

JAE-AH...?!
CIGARETTES
HUFF
HUFF
J'AI TROUVÉ UN TRAVAIL ET JE T'AI ACHETÉ DES CHOCOPIE !
CHOCOPIE
CHOCOPIE
CHOCOPIE
POURQUOI EST-IL SI PRESSÉ ?
HUFF
HUFF

FWIP
FWIP
IL EST PASSÉ OÙ ?
IL A DISPARU EN UN ÉCLAIR.

OH !
TE VOILÀ !
...!

HEIN ? MAIS CETTE FILLE…

ELLE EST PAS CENSÉE ÊTRE À L'ÉTRANGER ?
JE PENSAIS QU'ELLE ÉTAIT PARTIE POUR DE BON, MAIS LA VOILÀ QUI REVIENT.
FFT
OH... OÙ L'AS-TU TROUVÉ ?
Apparemment, ce modèle n'est plus fabriqué et ne pourra pas être réparé s'il tombe à nouveau en panne, alors prends-en soin. Tu peux m'appeler au 02 00 00 00 00 si tu as le moindre problème et passe nous voir quand tu iras mieux.
Jae-ah

COMMENT ÇA SE FAIT QUE TU AIES CE MOT ?
HAA...
GOOH
NE ME JUGE PAS D'APRÈS CE QUE TU AS VU CE JOUR-LÀ.
TOUT CE QUE TU SAIS DE MOI...
FFT
C'EST MON NOM.

QU'EST-CE QUI T'A PRIS DE MANGER UN BOUT DE PLASTIQUE ?!
!
Tu es la fille de l'hôpital !
J'ignore comment tu t'appelles...
TU ES VENUE RENDRE VISITE À HANA ?
Non, non !
C'EST VRAI QU'À UNE ÉPOQUE, J'AI EU UNE AMIE DU NOM D'HANA...
MAIS SI JE SUIS ICI, C'EST PARCE QU'ON M'A INVITÉE.
ce n'est pas une invitation...
FWOOSH

TOUTEFOIS, SI JE DEVAIS LA CROISER PAR HASARD, JE NE L'ÉVITERAI PAS.
ALLONS-Y !
TAP
TAP
C'EST UNE BONNE CHOSE QU'ILS SOIENT DE NOUVEAU ENSEMBLE.

S'IL RETROUVE SON INSPIRATION, IL REPRENDRA LA MUSIQUE ET JE N'AURAI PAS BESOIN DE LUI TROUVER DE L'ARGENT POUR SON ALBUM.
JE N'AURAI PLUS QU'À TROUVER UN MOYEN DE RENTRER D'OÙ JE VIENS. JE DEVRAIS ÊTRE CONTENTE, NON ?
TADADAC
ALORS POURQUOI EST-CE QUE ÇA M'ÉNERVE RIEN QUE D'Y PENSER ?
FWOOSH
CHOCOPIE
CHOCOPIE

AAH !
FWIT
CHOCOPIE
QU'EST-CE QUI VOUS PREND ?!
CHOCOPIE
CHOCOPIE
TU M'AS DIT QUE JE DEVIENDRAIS UNE GRANDE CHANTEUSE UN JOUR, NON ?
J'Y TRAVAILLE, ALORS AIDE-MOI JUSTE À ME CACHER UNE SECONDE !
MAMAN ?!

OÙ EST-ELLE ENCORE PARTIE SE CACHER ?!
!
GRR
MAMIE ??
LA LA LA LA !
TU PERDS RIEN POUR ATTENDRE !
GRR
GRR
HAA...
ELLE EST PARTIE.
MERCI.

MAMAN... JE VEUX DIRE, POURQUOI TA MÈRE TE COURT APRÈS ?
CHOCOPIE
ELLE M'A DIT QU'ELLE ALLAIT ME RETIRER MON ARGENT DE POCHE PARCE QUE JE NE PRENAIS PAS L'ÉCOLE AU SÉRIEUX.
MAIS J'AVAIS UNE AUDITION TRÈS IMPORTANTE AUJOURD'HUI, ALORS...
SNIF
...!
JE NE L'AI JAMAIS VUE AUSSI SÉRIEUSE.
TU SAIS QUOI, OUBLIE. MAIS MERCI DE M'AVOIR AIDÉE.
LÀ, JE LA RECONNAIS MIEUX.
HI HI !

LYCÉE
FFT
T'EN VEUX UN ?
ORION CHOCOPIE
OH ! J'ADORE LES CHOCOPIE !
SI LE RETOUR DE SON EX-COPINE TE DÉRANGE TANT QUE ÇA, C'EST QUE TU ES AMOUREUSE DE LUI.
MIAM

QUOI ? MAIS PAS DU TOUT !
CE SONT TOUJOURS LES MECS QUI TOMBENT AMOUREUX DE MOI, PAS L'INVERSE.
HOULÀ...
C'EST POURTANT CLAIR, NON ? SI LE VOIR AVEC UNE AUTRE FILLE TE REND JALOUSE, C'EST QUE TU AS DES SENTIMENTS POUR LUI. C'EST JUSTE GÊNANT POUR TOI QU'ILS NE SOIENT PAS PARTAGÉS.
HA HA !
J'AI JAMAIS EU DE CRUSH SUR QUI QUE CE SOIT, ET J'EN AURAI JAMAIS, COMPRIS ?! C'EST TOUJOURS LES AUTRES QUI ONT DES SENTIMENTS POUR MOI EN PREMIER !
GRMPF
GWIP
SI TU AS AUTANT DE PRÉTENDANTS, POURQUOI NE SORS-TU PAS AVEC L'UN D'EUX AU LIEU DE T'INTÉRESSER À UN GARS QUI A DÉJÀ UNE COPINE ?
HA HA !
Je peux en avoir un autre ?
Va t'en acheter toi-même !

LE MEC QUE J'AIME N'EST PAS EN COUPLE ! ILS ONT ROMPU ET VIENNENT TOUT JUSTE DE SE RETROUVER.
LITTÉRALEMENT, À L'INSTANT ! IL Y A MÊME PAS 30 MINUTES !!
ET JE NE L'AIME PAS !!
TU VOIS ? TU VIENS DE L'ADMETTRE. TU L'AIMES !
HA HA !
LYCÉE
ADMETS JUSTE QUE TU ES AMOUREUSE.
HA HA !
AMOUREUSE ?
GOOH
MOI ?!
HA HA !
SWISH
C'EST DÉJÀ ASSEZ ÉTRANGE DE ME RETROUVER EN 1987, ET MAINTENANT QUOI ? JE SUIS TOMBÉE AMOUREUSE ?! QUELLE HORREUR !
BLUSH

ARRÊTE AVEC CES BÊTISES, T'ES RELOU !
FWOOSH
RELOU ? ÇA VEUT DIRE QUOI ?
AU secours...
AH...!
PAF
JE T'AI EUE.
MAMAN ! POURQUOI NE PEUX-TU PAS LAISSER TA FILLE ÊTRE HEUREUSE ?

TU M'AS RÉCLAMÉ DE L'ARGENT POUR LE BUS, POUR FINALEMENT SÉCHER LES COURS ?!
CROIS-MOI, JE VAIS TE FAIRE REGRETTER D'ÊTRE VENUE AU MONDE.
TAP
TAP
J'EN AVAIS BESOIN POUR MON AUDITION.
TU PEUX FAIRE UNE CROIX SUR TES AUDITIONS. JE T'AI DONNÉ LA CHANCE D'ALLER À L'ÉCOLE...
ALORS QUE TOUT LE MONDE ME DISAIT QUE C'ÉTAIT UNE ERREUR, ET C'EST COMME ÇA QUE TU ME REMERCIES ?!
JE SERAI UNE MEILLEURE MÈRE QUE TOI !
JE DONNERAI À MA FILLE LA LIBERTÉ DE FAIRE CE QU'ELLE SOUHAITE.
JE VEUX PAS ÊTRE CHANTEUSE !
SI TU RÉUSSIS CETTE AUDITION, TU POURRAS CHANTER ET DANSER SUR SCÈNE COMME LES ARTISTES QUE TU ADMIRES. TU TROUVES PAS ÇA GÉNIAL ?
SUPER STAR
NON... VRAIMENT PAS.

SOUVIENS-TOI DE CE QUE TU VIENS DE DIRE. J'ESPÈRE QUE TU AURAS UNE FILLE EXACTEMENT COMME TOI. ALORS PEUT-ÊTRE QUE TU ME COMPRENDRAS.
AU REVOIR, MAMAN.
!

JE FERAIS MIEUX DE LES ÉVITER AUTANT QUE POSSIBLE TANT QUE JE SUIS ICI.
CHOCOPIE
CHOCOPIE
QU'IMPORTE SI J'AI DES SENTIMENTS POUR LUI, JE NE SERAI BIENTÔT PLUS LÀ, DE TOUTE FAÇON.
DU MOINS, J'ESPÈRE QUE JE POURRAI UN JOUR RENTRER CHEZ MOI.
CHOCOPIE
GWIP

FFT
HANA !
QU'EST-CE QUE TU FAIS LÀ ?
IL N'EST PAS À L'INTÉRIEUR ?
TU RENTRES PAS ?
AH... JE...
JE PENSAIS QUE TU ÉTAIS À L'INTÉRIEUR...
DANS CE CAS, QUI EST-CE QUE J'AI VU ?!

GLACE À LA PASTÈQUE
NON, JE SUIS PARTI ACHETER UNE GLACE POUR TON AMIE.
MON AMIE ? JE N'AI PAS D'AMIS…
IL NOUS FAUT PLUS D'ALCOOL !
WHOOSH
ON N'A QU'À ALLER AU BAR DE MA SOEUR, ELLE EN A PLEIN.

ÇA ME VA. ALLONS-Y !
HÉ HÉ !
FRSCH
Je meurs de chaud !
C'ÉTAIT UNE PERRUQUE ?!
QU'EST-CE QU'ELLE VIENT FAIRE ICI ?!
TOI AUSSI, T'AS BU ??
SWISH
ELLE A TROUVÉ LE NUMÉRO DE TÉLÉPHONE QUE JE T'AVAIS DONNÉ À L'HÔPITAL ET EST VENUE ME VOIR TOUT À L'HEURE AU PARC.
MAIS JE NE SAIS TOUJOURS PAS POURQUOI ELLE EST LÀ.

HÉ HÉ !
C'ÉTAIT DONC ELLE, LA FILLE DE TOUT À L'HEURE ? QUEL SOULAGE-MENT...
QUAND EST-CE QUE TU ME MONTRERAS LA PREUVE QUE TU AS VU UN EXTRA-TERRESTRE ?
CHUT ! PAS ICI, IL Y A TROP DE MONDE. ÇA DOIT RESTER TOP SECRET.
QUE LES CHOSES SOIENT CLAIRES, C'EST PAS MON AMIE...
J'AI RIEN DIT...

DES RECHERCHES SONT DÉJÀ EN COURS AUX ÉTATS-UNIS SUR UN COUPLE D'EXTRA-TERRESTRES VENUS EXPLORER LA TERRE.
LE WASHINGTON POST A TENTÉ DE PUBLIER UN ARTICLE À CE SUJET...
MAIS LA CIA LES EN A EMPÊCHÉS.
QUOI ?! ILS ONT VOULU DISSIMULER LA VÉRITÉ ? C'EST VRAIMENT BIZARRE...
...!
J'EN AI LA CHAIR DE POULE !
ET C'EST MOI LA FOLLE ?

KYA !
PFFT
BLUSH
BLUSH
TU DIS AVOIR UNE PREUVE, MONTRE-LA-MOI !
ALLEZ !!
PLOUF
La preuve !
La preuve !
La preuve !

JE SAVAIS QUE CE JOUR VIENDRAIT.
JE COMPRENDS PAS L'INTÉRÊT DE CETTE CONVERSATION...
SLURP
BEURK !
Qui trempe sa glace dans de la bière ?
C'EST POUR ÇA QUE JE LE GARDE TOUJOURS SUR MOI.
TADAH
JE SUIS PERSUADÉE QU'IL S'AGIT DE LEUR APPAREIL DE COMMUNICATION !
C'EST ÇA, TA PREUVE ?!

OH, MAIS
ÇA APPARTIENT
À HANA !
GNIP
MON
PORTABLE !

T'ES UNE EXTRATERRESTRE ? JE SAVAIS QU'IL Y AVAIT UN TRUC LOUCHE CHEZ TOI.
T'es débile, ou quoi ?!
ATTENDS UNE SECONDE…
JE NE SUIS PAS UNE EXTRATER-RESTRE.
ZIEUT
DANS CE CAS, JE VAIS VOUS MONTRER UNE PREUVE IRRÉFUTABLE.
PLOUF

LES ALIENS DÉTESTENT QU'ON LEUR SOUFFLE DANS L'OREILLE. REGARDEZ.
RESTE OÙ TU ES !
FWOOSH
TU RACONTES N'IMPORTE QUOI.
ARRÊTE !
FFF
FFF
FFF
JE T'AI DIT D'ARRÊTER !
TADADAC

TU PEUX PRÉDIRE L'AVENIR ?
TU ES CAPABLE DE GUÉRIR LES MALADIES ?
POURQUOI T'AS PAS D'ARGENT ALORS ?
TU PEUX PAS CRÉER DE L'ARGENT ?
VA TE COUCHER, T'AS TROP BU.
FSSH
LA GLACE A DISPARU ! LA MALÉDICTION DES ALIENS A COMMENCÉ !! ON DOIT LES EMPÊCHER D'AGIR !
AAAAH !
ARRÊTE LA MALÉDICTION, SALE EXTRA-TERRESTRE !!
AAH !
C'EST ÇA CONTINUE !
TCHAC

JE VAIS RÉFLÉCHIR À QUOI FAIRE D'ELLE… EN ATTENDANT…
HAA…
JE NE DORS PAS… PAS… DU TOUT.
HMMM…
PAF
T'AS INTÉRÊT À ME LÂCHER TOUT DE SUITE !
GWIP
WHOOSH

BAM
BEUUH...
ÇA DOIT ÊTRE UN APPAREIL DE COMMUNICATION DU FUTUR...
J'AIMERAIS TELLEMENT M'ACHETER UNE NOUVELLE PAIRE DE CHAUSSURES...
NON MAIS, VRAIMENT... UNE EXTRATERRESTRE ? SÉRIEUX ?
!

UNE LÉGÈRE PALPITATION A TRAVERSÉ MON ÂME À CE MOMENT-LÀ.

AVEC CES QUELQUES NOTES…
JAE-AH M'A EMMENÉE DANS UN CAFÉ AU BORD D'UN LAC, OÙ LE CRÉPUSCULE ILLUMINAIT LES FEUILLES D'AUTOMNE TOMBANTES.
LÀ, DEUX AMOUREUX SE REGARDENT TRISTEMENT, FACE À LEUR ADIEU INÉVITABLE.
L'AIR EST CHARGÉ DE L'ODEUR MÉLANCOLIQUE DU THÉ REFROIDI…
TANDIS QU'ILS RESTENT-LÀ, LE REGARD FUYANT, RETARDANT AUTANT QUE POSSIBLE CETTE DISCUSSION QU'ILS SAVENT DOULOUREUSE.

LES SCÈNES SE MODIFIENT SOUS MES YEUX AU RYTHME DE SA MUSIQUE.
ALORS QUE LA MÉLODIE TOUCHE À SA FIN...
LA FEMME RESTE ASSISE, TANDIS QUE L'HOMME S'ÉLOIGNE.
ET C'EST AINSI QUE SE TERMINE LA CHANSON.
ÇA T'A PLU ? TU AS PARTICIPÉ À L'ÉCRITURE DE CETTE CHANSON, C'ÉTAIT LA MÉLODIE QUE TU M'AS CHANTÉE.
TU ES LA PREMIÈRE PERSONNE À M'ENCOURAGER À FAIRE DE LA MUSIQUE ET À ME SOUTENIR DANS LA CRÉATION DE MON ALBUM.
(À part Suho)

C'ÉTAIT INCROYABLE !
OUAH !
C'EST SANS AUCUN DOUTE UNE CHANSON QUI MARQUERA L'INDUSTRIE DE LA K-POP POUR LES GÉNÉRATIONS FUTURES.
HAA...
SI SEULE-MENT J'AVAIS 6 700 €...
DE QUOI TU PARLES ?
RIEN, RIEN, OUBLIE ! TA CHANSON ÉTAIT MAGNIFIQUE.
FWIP
FWIP

POURQUOI LA FAÇADE N'EST PAS ÉCLAIRÉE ?
IL N'Y A PERSONNE, ALORS JE PENSAIS QU'ON FERMERAIT PLUS TÔT.
ZZZ
C'EST PAS PARCE QU'IL N'Y A PAS DE CLIENTS QU'ON DOIT FERMER.
HAA...
NOTRE PREMIER CLIENT DE LA JOURNÉE EST LE PROPRIÉTAIRE D'UNE PETITE MAISON DE DISQUES.
LE PROPRIÉTAIRE D'UNE MAISON DE DISQUES ?!
!

JE N'AURAIS PAS PU RÊVER D'UNE OCCASION PLUS PARFAITE…

QUELLE ÉTAIT LA PROBABILITÉ QUE LE PATRON D'UNE MAISON DE DISQUES VIENNE ICI ?
HI HI HI !

FWIP
HMPF !
ILS SE CONNAIS-SENT ?
HÉ HÉ !
ÇA NE FAIT QUE CONFIRMER QUE C'EST UN SIGNE DU DESTIN !
Génial !

DITES...
HMM ?
JAE-AH JOUAIT DU PIANO AVANT QUE VOUS ARRIVIEZ... ÇA VOUS DÉRANGE S'IL CONTINUE ?
POURQUOI ?
TU VEUX L'AIDER À SE FAIRE REPÉRER ?
COMMENT VOUS AVEZ DEVINÉ ?
...!

ÇA NE MARCHERA PAS, CROIS-MOI. LA BOÎTE DE CE GARS A FAIT FAILLITE IL Y A LONGTEMPS…
ET LE PRODUCTEUR QUI L'ACCOMPAGNE SE SPÉCIALISE DANS LES DOCUMENTAIRES, PAS DANS LA MUSIQUE.
C'EST PAS VRAI ! MOI QUI PENSAIS QUE C'ÉTAIT UN SIGNE DU DESTIN…
SNIF
T'ES SÉRIEUX ?! T'AS CARRÉMENT RAMENÉ UNE PHOTO ?!
SBAF

PAF
MEC...
POF
C'EST VRAIMENT PAS COOL CE QUE TU VIENS DE FAIRE.
DÉSOLÉ, JE VOULAIS PAS FAIRE ÇA. JE M'ATTENDAIS PAS À CE QUE TU VIENNES ME METTRE UNE PHOTO SOUS LE NEZ.

JE SAIS, C'EST POUR ÇA QUE JE M'ÉNERVE PAS.
HA HA...
JE T'EN PRIE, SEUNGHWAN, AIDE-MOI UNE DERNIÈRE FOIS. LE DOCTEUR A DIT QUE SI L'OPÉRATION SE PASSAIT BIEN...
JE VAIS ÊTRE HONNÊTE AVEC TOI PUISQUE TU ES MON MEILLEUR AMI...
MAIS IL FAUT VRAIMENT QUE TU ARRÊTES DE PRENDRE DE L'ARGENT AUX AUTRES ET QUE TU TE TROUVES UN TRAVAIL. TU NE PEUX PAS VIVRE COMME ÇA INDÉFINIMENT.

J'ESSAIE, MAIS CE N'EST PAS SI FACILE.
IL N'Y A PERSONNE POUR VEILLER SUR MA FILLE, ET JE NE PEUX PAS LA LAISSER SEULE À L'HÔPITAL TOUTE LA JOURNÉE.
MAIS SI L'OPÉRATION SE PASSE BIEN, SOOKHEE IRA BIENTÔT MIEUX.
...
ALORS JE T'EN SUPPLIE, AIDE-MOI JUSTE UNE DERNIÈRE FOIS.
JE T'AI DÉJÀ PRÊTÉ PLUS DE 2 000 € ! IL NE RESTE PLUS PERSONNE DE NOTRE GROUPE D'AMIS À QUI TU NE DOIS PAS D'ARGENT !

ON T'A DONNÉ TOUT CE QU'ON POUVAIT. SI TU CONTINUES À DEMANDER DE L'ARGENT, TU VAS FINIR PAR PERDRE TOUS TES AMIS.
DÉSOLÉ MEC, IL FAUT QU'ON MANGE, NOUS AUSSI.
FFT
BAM
TU NE PEUX PLUS RIEN FAIRE POUR TA FILLE, TOURNE LA PAGE.
TOURNER LA PAGE ?

QUEL SALE TYPE !
!
C'était quoi ce bruit ?!
COMMENT PEUT-IL SUGGÉRER QUE JE LAISSE MA FILLE MOURIR ?!
ZZZZ
SNIF
SNIF
PAT

POURQUOI TU NE DEMANDES PAS À TAECHUL ?
APRÈS TOUT, C'EST GRÂCE À TOI QU'IL EST DEVENU CÉLÈBRE. IL T'AIDERA SÛREMENT.
TU CROIS QUE J'AI PAS DÉJÀ ESSAYÉ ?
GNIP
IL A REFUSÉ ?
FRSCH

COMMENT OSE-T-IL ?!
FFT
JE PEUX PASSER UN COUP DE FIL ?
AAAH ! TU M'AS FAIT PEUR !!
SNIF SNIF
JE SUIS ALLÉ LE VOIR QUATRE FOIS, MAIS SON ÉQUIPE A REFUSÉ QUE JE LUI PARLE.
QUEL ORDURE... IL FAIT EXPRÈS DE T'ÉVITER APRÈS TOUT CE QUE TU AS FAIT POUR LUI...
Ne fais pas n'importe quoi, c'est le téléphone du bar !
Allô ? Oui, je suis à...
TU VOIS, SI TU AVAIS AIDÉ JAE-AH, À LA PLACE, ON N'EN SERAIT PAS LÀ !

ZIEUT
...
JE NE SAIS VRAIMENT PLUS QUOI FAIRE... C'EST L'ANNIVERSAIRE DE SOOKHEE DEMAIN.
ELLE EST SUR LE POINT DE MOURIR ! TU DOIS TE CONCENTRER SUR COMMENT PAYER SON OPÉRATION, PAS SUR SON ANNIVERSAIRE !
ELLE NE SAIT PAS QU'ELLE EST MALADE. ELLE PENSE QU'ELLE SORTIRA DE L'HÔPITAL DEMAIN... ET J'AI DÉJÀ TOUT ESSAYÉ, JE NE POURRAI JAMAIS PAYER LES FRAIS DE SON OPÉRATION.

J'AIMERAIS T'AIDER DAVANTAGE, MAIS NOS AFFAIRES TOURNENT AU RALENTI, CES DERNIERS TEMPS.
10 EUROS
J'AI PRESQUE TOUT SACRIFIÉ POUR COUVRIR LES FRAIS DE SCOLARITÉ DE SUHO. MAIS AU MOINS, TU DEVRAIS POUVOIR ACHETER UN GÂTEAU AVEC ÇA.
ZZZ
TU AS CONSCIENCE QUE JE NE POURRAI PAS TE REMBOURSER, HEIN ?
FRSCH
OUI, OUI, GARDE-LE.
MERCI.
LA GUITARE DE SALLY

DLING
CET ENDROIT N'A PAS CHANGÉ !
C'est pas le moment de dormir !
NOUS PRENDRONS PLUSIEURS DE VOS LIQUEURS, S'IL VOUS PLAÎT.
QUEL PLAISIR DE VOUS REVOIR ! ÇA FAISAIT LONGTEMPS !

LORSQUE LES ALIENS NOUS ENVAHIRONS, ILS COMMENCERONT PAR...
SI TU VEUX AIDER JAE-AH, FAIS-LE JOUER DEVANT CES GENS.
OH !
FWOOSH
PAF
VOUS N'AURIEZ PAS VU JAE-AH ?
IL ME SEMBLE L'AVOIR VU SUIVRE MONSIEUR KIM LORSQU'IL EST SORTI.

C'EST VRAIMENT PAS LE MOMENT !
JE REVIENS !
HÉ ! TU DOIS PRENDRE LEUR COMMANDE !
FFT
MONSIEUR KIM...

CE N'EST PAS GRAND-CHOSE, MAIS...
LE VOILÀ !
...
HAA...
QUITTE À CE QUE TU ME PRENNES EN PITIÉ ET M'AIDES, TU POURRAIS AU MOINS ME DONNER PLUS QUE ÇA !
POUR QUI IL SE PREND ?!
VOUS N'AVEZ PAS HONTE DE DÉVERSER VOTRE COLÈRE SUR JAE-AH ?!

HANA, ATTENDS…
QUE PUIS-JE FAIRE POUR VOUS, ALORS ?
GRMPF
TU DOIS SÛREMENT M'EN VOULOIR, NON ?
APRÈS CE QUE JE T'AI FAIT, JE NE PEUX PAS ACCEPTER TON ARGENT…

À PART SI LA SOMME PERMETTAIT DE COUVRIR LA TOTALITÉ DES FRAIS MÉDICAUX.
GWIP
JE... JE T'EN SUPPLIE...
AIDE-MOI À SAUVER MA PETITE SOOKHEE !
OUIN !
OUIN !

TAP
TAP
WiP
WiP
VOUS AIDER ? MOI AUSSI J'AI BESOIN D'AIDE !
HIC
FWiP
STEUPLÉ, JAE-AH, AIDE-MOI !
PAF
QU'EST-CE QU'ELLE VIENT FAIRE LÀ ?!
AAH !

ATTENTION, ON DIRAIT QU'ELLE VA VOMIR !
BEUH...
IL FAUT QU'ON L'EMMÈNE AUX TOILETTES !
SWISH
MM...
HAA...

À L'AIDE ! À L'AIDE !
NE BOIS PAS AUTANT, LA PROCHAINE FOIS !
TCHAC
FFT
MONSIEUR OH, VEUILLEZ ESCORTER HYEJEONG JUSQU'À LA VOITURE.
BIEN, MADAME.
Aide-moi, moi aussi !
...!
OH ! JE M'ENVOLE !
HIC
JE FLOTTE DANS L'AIR.

ATTENTION À LA TÊTE, MADEMOI-SELLE.
CLAC
ET VOUS !
MOI ??
SAVEZ-VOUS QUI EST LE PÈRE DE HYEJEONG ?
FFT

POURQUOI CETTE QUESTION ?
JE SUIS BÊTE, ÉVIDEMMENT QUE VOUS FEIGNEZ L'IGNORANCE.
JE SUPPOSE QUE VOUS ÊTES DÉJÀ AU COURANT, ALORS JE N'ENTRERAI PAS DANS LES DÉTAILS.

NOTRE FAMILLE NE VEUT RIEN AVOIR À FAIRE AVEC QUEL-QU'UN COMME VOUS...
SWISH
ALORS JE VOUS INTERDIS DE SORTIR AVEC MA FILLE.
VOUS FERIEZ BIEN DE METTRE FIN À CETTE RELATION AVANT QUE SON PÈRE NE L'APPRENNE.
DE QUOI ELLE PARLE ?
APPAREMMENT, TON AMIE S'APPELLE HYEJEONG.
COMBIEN VOULEZ-VOUS ?
DE L'ARGENT ?!
FWIP

VROOM
VROOM
FFT
5 EURO
...
HAA...

TU VEUX QUE JE T'ACHÈTE UN TRUC À MANGER ?
NON !!
FWIP
CLINIQUE MÉDICALE
BOULANGERIE EIFFEL

OUAH ! C'EST LA PREMIÈRE FOIS QUE JE VOIS CE GENRE DE GÂTEAU !
HEIN ? T'AS JAMAIS MANGÉ DE GÂTEAU ?
C'EST PAS CE QUE JE DIS. ÉVIDEMENT QUE J'AI MANGÉ…
DES GÂTEAUX…
BLUSH
ÇA FAIT RIEN, OUBLIE.
AAAH !

*NDT : célèbre acteur sud-coréen.

IL DOIT VRAIMENT Y AVOIR UN PROBLÈME AVEC MON COEUR…
BABOUM BABOUM
BABOUM BABOUM
AUCUNE IDÉE… JE SAIS JUSTE QU'ELLE EST EN PRIMAIRE.
VOUS AVEZ BESOIN DE COMBIEN DE BOUGIES ?
BOUL EIFFEL
JE VAIS VOUS EN DONNER UN PEU PLUS POUR ÊTRE LARGE.
MERCI BEAUCOUP.

TADADAC
PFFT

TU NE CONNAIS MÊME PAS CETTE FILLE...
POURQUOI TE SENS-TU OBLIGÉ DE FAIRE TOUT ÇA POUR ELLE ?
QUI SAIT, ON PEUT PEUT-ÊTRE L'AIDER ?
MAIS POURQUOI ? JE COMPRENDS PAS.
JE SUIS BLOQUÉE ICI SANS POUVOIR RETOURNER D'OÙ JE VIENS, MON COEUR COMMENCE À M'INQUIÉTER ET JE PEUX MÊME PAS ALLER VOIR UN DOCTEUR !
JE N'ARRIVE DÉJÀ PAS À RÉGLER MES PROPRES PROBLÈMES, ALORS POURQUOI JE DEVRAIS AIDER UNE INCONNUE ?!
BAM
BAM

TU AS UN PROBLÈME AU COEUR ?!
AAH... C'EST RIEN DE GRAVE.
TOUT ÇA POUR DIRE, JE NE SUIS PAS D'HUMEUR À ALLER FAIRE LA FIESTA AVEC UNE GAMINE.
LA FIESTA ? ÇA VEUT DIRE QUOI ?
EST-CE QUE ÇA VEUT DIRE FAIRE LA FÊTE ?
OUI, C'EST ÇA.

QUAND EST-CE QUE JE POURRAI PARTIR ?
PARDON ?
C'EST MON ANNIVERSAIRE, ET MON PÈRE M'A PROMIS QUE JE RENTRERAI À LA MAISON AUJOURD'HUI.
AH BON ? ON LUI DEMANDERA QUAND IL SERA LÀ. EN ATTENDANT, C'EST L'HEURE DE TES PIQÛRES.
ÇA NE FAIT PAS MAL, PROMIS.

SALUT, SOOKHEE.
JE VOUS CONNAIS ?

ÇA FAISAIT LONGTEMPS, PAS VRAI ?
COMMENT VAS-TU DEPUIS TOUT CE TEMPS ?
J'AI ENTENDU DIRE QUE C'ÉTAIT TON ANNIVERSAIRE AUJOURD'HUI. JOYEUX ANNIVERSAIRE !

...
??
TU NE LES OUVRES PAS ?
!
JE PARIE QUE C'EST UNE POUPÉE.
EUH... OUI.

TU VEUX QUE JE L'OUVRE POUR TOI ?
NON.
J'AIME PAS LES POUPÉES, D'ABORD !
PEU IMPORTE CE QUE TU PENSES DU CADEAU, TU NE PENSES PAS QU'IL SERAIT POLI DE L'OUVRIR, ÉTANT DONNÉ QUE NOUS L'AVONS ACHETÉ POUR TOI ?

JE VOIS PAS L'INTÉRÊT, JE SERAI BIENTÔT MORTE.
QU'EST-CE QUE TU RACONTES ?!
ELLE EST AU COURANT ?
OH !
J'AI ENTENDU MES VOISINES DE CHAMBRE EN PARLER.

QUOI ?! QUI ÇA ?!
QUI ?!
FWIP
FWIP
FWIP
EN GÉNÉRAL, CE QU'ELLES DISENT SE RÉVÈLE TOUJOURS VRAI.
SNIF SNIF
JE DEVAIS JOUER AVEC SOYEONG AUJOURD'HUI...
IL Y AVAIT UNE FILLE DANS LE LIT À CÔTÉ QUI S'APPELAIT SOYEONG. ELLES ONT DIT QU'ELLE NE SURVIVRAIT PAS PLUS DE TROIS MOIS, ET ELLES AVAIENT RAISON.
ALORS JE N'AI PAS BESOIN DE CADEAU.

APRÈS MA MORT, MON PÈRE SERA TRISTE QUAND IL VERRA MES AFFAIRES, DONC JE VEUX LAISSER LE MOINS DE CHOSES POSSIBLES DERRIÈRE MOI.
CETTE PAUVRE PETITE...
SNIF
TU AS RAISON.
SI TU MEURS, TON PÈRE SERA VRAIMENT TRISTE.
FFT

MAIS TU SAIS QUOI ? JE PENSE QUE TU CONNAIS DÉJÀ LA RÉPONSE À TON PROBLÈME.
QU'EST-CE QUE TU VEUX DIRE ?
SI TU VIS PLUS LONGTEMPS QUE TON PÈRE...
IL NE SERA PAS TRISTE, N'EST-CE PAS ?
MAIS...
JE VAIS TROUVER UN MOYEN POUR QUE TU VIVES PLUS LONGTEMPS.
ALORS PROMETS-MOI QUE TU MANGERAS BIEN ET QUE TU SUIVRAS TES TRAITEMENTS JUSQUE-LÀ.

QU'EN DIS-TU ?
C'EST POSSIBLE, ÇA ?
BIEN SÛR. ET CETTE FILLE M'AIDERA, ELLE AUSSI.
FFT
EUH... OUI, POURQUOI PAS.
HA HA...
QU'EST-CE QUI TE FERAIT PLAISIR POUR TON ANNIVERSAIRE ?
HMM...

UNE CANETTE DE MC COL !
D'ACCORD !
C'EST QUOI LE MC COL ??
ILS EN VENDENT AU MAGASIN EN BAS.
MC COL ?
JE REVIENS TOUT DE SUITE.
GNIP

NON, RESTE !
SI JE COMPRENDS BIEN, IL FAUT QUE J'Y AILLE SEULE ?
EUH...
JE PEUX DEMANDER ENCORE UNE CHOSE ?
QUOI DONC ?
J'AIMERAIS QU'ON METTE DES BOUGIES SUR UN GÂTEAU ET QUE TOUT LE MONDE ME CHANTE "JOYEUX ANNIVERSAIRE" PENDANT QUE JE FAIS UN VOEU.

JE SAIS MÊME PAS CE QUE C'EST, DU MC COL…
TAP
TAP
J'ESPÈRE QUE C'EST PAS TROP CHER.
COMBIEN J'AI ?
PRIONS POUR QUE ÇA FASSE L'AFFAIRE.
FFT
AH ! VOILÀ LE MAGASIN.
MAGASIN
5 EURO

UNE PAUSE ? MC COL !
ÉTANCHE TA SOIF AVEC MC COL !
ARGH, C'EST TAECHUL…
HORS DE QUESTION QUE J'EN ACHÈTE SI C'EST LUI L'ÉGÉRIE !
MC COL
C'EST L'HISTOIRE DE TROIS VIEILLES FEMMES QUI BAVARDENT SUR UN BANC DU PARC DE LA MAISON DE RETRAITE.
??

KIM SOOKHEE
LEE SUMI
LA PREMIÈRE DIT : "PLUS ÇA VA ET MOINS J'AI DE MÉMOIRE. CE MATIN, JE ME SUIS RETROUVÉE EN HAUT DE L'ESCALIER, ET JE NE SAVAIS MÊME PLUS SI JE VENAIS DE MONTER OU SI JE M'APPRÊTAIS À DESCENDRE".
DE QUOI PARLENT-ILS ?
EST-CE UNE HISTOIRE DE FANTÔMES, UN CONTE SENTIMENTAL, OU UNE BLAGUE ?
LA DEUXIÈME RÉPOND : "MOI, C'EST ENCORE PIRE. L'AUTRE JOUR, JE ME SUIS RETROUVÉE ASSISE SUR MON LIT SANS ARRIVER À SAVOIR SI JE VENAIS DE ME RÉVEILLER OU SI J'ALLAIS ME COUCHER". ALORS LA TROISIÈME LES REGARDE AVEC UN SOURIRE NARQUOIS ET DIT : "EH BIEN MOI, J'AI LA MÉMOIRE AUSSI BONNE QUE QUAND J'ÉTAIS JEUNE. JE TOUCHE DU BOIS !".
NON, QUOI ?
SUR CE, ELLE TAPE TROIS FOIS SUR LE BANC, ET TOUT DE SUITE APRÈS, TU SAIS CE QU'ELLE DIT ?
C'ÉTAIT DONC UNE BLAGUE...
"QUI EST LÀ ?"
C'est drôle, non ?
Ne raconte plus jamais de blague, c'était nul.

OH MON DIEU, J'AI HONTE POUR LUI... JE FERAIS MIEUX DE L'ARRÊTER AVANT QU'IL N'EN COMMENCE UNE AUTRE.
WIP
HAA...
Pourquoi ça empeste l'alcool, tout à coup ?
QU'EST-CE QUE... AAH !
AAH !
MONSIEUR KIM ?

BWE !
ÊTES-VOUS SAOUL ?
VOUS NE POUVEZ PAS VENIR À L'HÔPITAL DANS CET ÉTAT !
SUIVEZ-MOI.
FFT
TENEZ, BUVEZ ÇA.

COMMENT POUVEZ-VOUS VENIR À L'ANNIVERSAIRE DE VOTRE FILLE IVRE, ET LES MAINS VIDES EN PLUS ?!
MC COL
J'ÉTAIS TOUT SIMPLEMENT INCAPABLE DE VENIR LA VOIR EN ÉTANT SOBRE.
...
HAA...

BON, VOUS N'EMPESTEZ PLUS AUTANT L'ALCOOL, ALLONS-Y.
SOOKHEE, C'EST MOI !

AAH !
SOOKHEE A DISPARU !!
C'EST PAS VRAI...
SOOKHEEEEEE !!

QU'EST-CE QUI NE VA PAS ? POURQUOI TU PLEURES ?
JAE-AH !
OUIIIN !
SOOK... HEE... DI-PARU... CROIS... NOUS A... POUR... BON...
SOOKHEE A DISPARU ! JE CROIS QU'ELLE NOUS A QUITTÉ POUR DE BON.
FWIP
FWIP
QUOI ? J'AI RIEN COMPRIS À CE QUE TU AS DIT.
ALLEZ, VIENS. SOOKHEE NOUS ATTEND DANS LA SALLE D'ATTENTE POUR SA FÊTE D'ANNIVERSAIRE.
!
!

Joyeux anniversaire !
Joyeux anniversaire !
Joyeux anniversaire, sookhee !
Joyeux anniversaire !
HA HA HA !
HO HO HO !

CLAP
CLAP
OUAH !
CLAP
CLAP
...
...
...
FAIS UN VOEU !
!
GWIP

TU N'EN VEUX PAS ?
NON, TU PEUX TOUT MANGER.
J'AI PLUS DE PLACE.
ÇA IRA...
OUAH !
C'EST FAUX.
?

ILS ONT L'AIR SI SÉRIEUX...
HAA...
TU CONNAIS BIEN MON PÈRE ?
POURQUOI CETTE QUESTION ?
J'AIMERAIS BIEN RENTRER À LA MAISON... TU PENSES QUE TU PEUX M'AIDER ?
IL FAUT D'ABORD QUE TU TE SOIGNES. TU RENTRERAS UNE FOIS QUE TU SERAS GUÉRIE.

À QUOI BON GASPILLER CET ARGENT ? JE VAIS MOURIR DE TOUTE FAÇON.
SAUNA
HAA...
IL FAIT DÉJÀ NUIT.

LA LUNE EST SI BELLE AUJOURD'HUI !
OUAH !
IL FAUT QUE JE LA PRENNE EN PHOTO.
FRSCH FRSCH
AH MINCE, J'AVAIS OUBLIÉ QU'IL N'A PLUS DE BATTERIE...
QUELLE HEURE EST-IL ?

SIX HEURES MOINS CINQ.
QUOI ?!
POURQUOI ?
JE VAIS ÊTRE EN RETARD AU TRAVAIL.
IL FAUT QUE JE ME DÉPÊCHE ! J'ÉTAIS CENSÉE ARRIVER EN AVANCE, TAECHUL JOUE SUR SCÈNE CE SOIR.
TAECHUL SERA LÀ CE SOIR ?!
OUI, POURQUOI ?
PRENONS UN TAXI.
TAXI !
TADADAC
C'EST BIEN TROP CHER...

MONSIEUR, DÉPÊCHEZ-VOUS S'IL VOUS PLAÎT !
CLAC
NOUS SOMMES PRESSÉS, ALORS S'IL VOUS PLAÎT NE PRENEZ PAS D'AUTRES PASSAGERS !
OCCUPÉ
D'ACCORD...
POURQUOI JE PRENDRAIS D'AUTRES PASSAGERS...?
VROOM

LA GUITARE DE SALLY
LE DIEU DE LA MUSIQUE
YANG TAECHUL
LE DIEU DE LA MUSIQUE
GRMPF

NE T'AVISE PLUS JAMAIS D'ÊTRE EN RETARD !
LOGES
YANG TAECHUL
NON MAIS, REGARDE-ÇA.
MES CHEVEUX RESSEMBLENT À RIEN.
PSSCHT
ASSURE-TOI QUE PAS UNE SEULE MÈCHE NE DÉPASSE.
FRTT FRTT
JE VAIS ESSAYER, OUI…

PSSCHT
METS PLUS DE SPRAY FIXATEUR !
PSSCHT
QU'EST-CE QUE TU VIENS FAIRE ICI ?
PSSCHT
HMM ?
IL FAUT QU'ON PARLE.
LAISSE-NOUS UN INSTANT.
D... D'ACCORD.

C'EST PAS COOL DE ME DÉRANGER JUSTE AVANT UNE REPRÉSENTATION.
JE PEUX REPASSER PLUS TARD, SI VOUS PRÉFÉREZ.
NON, C'EST BON. ATTENDS !
FFT

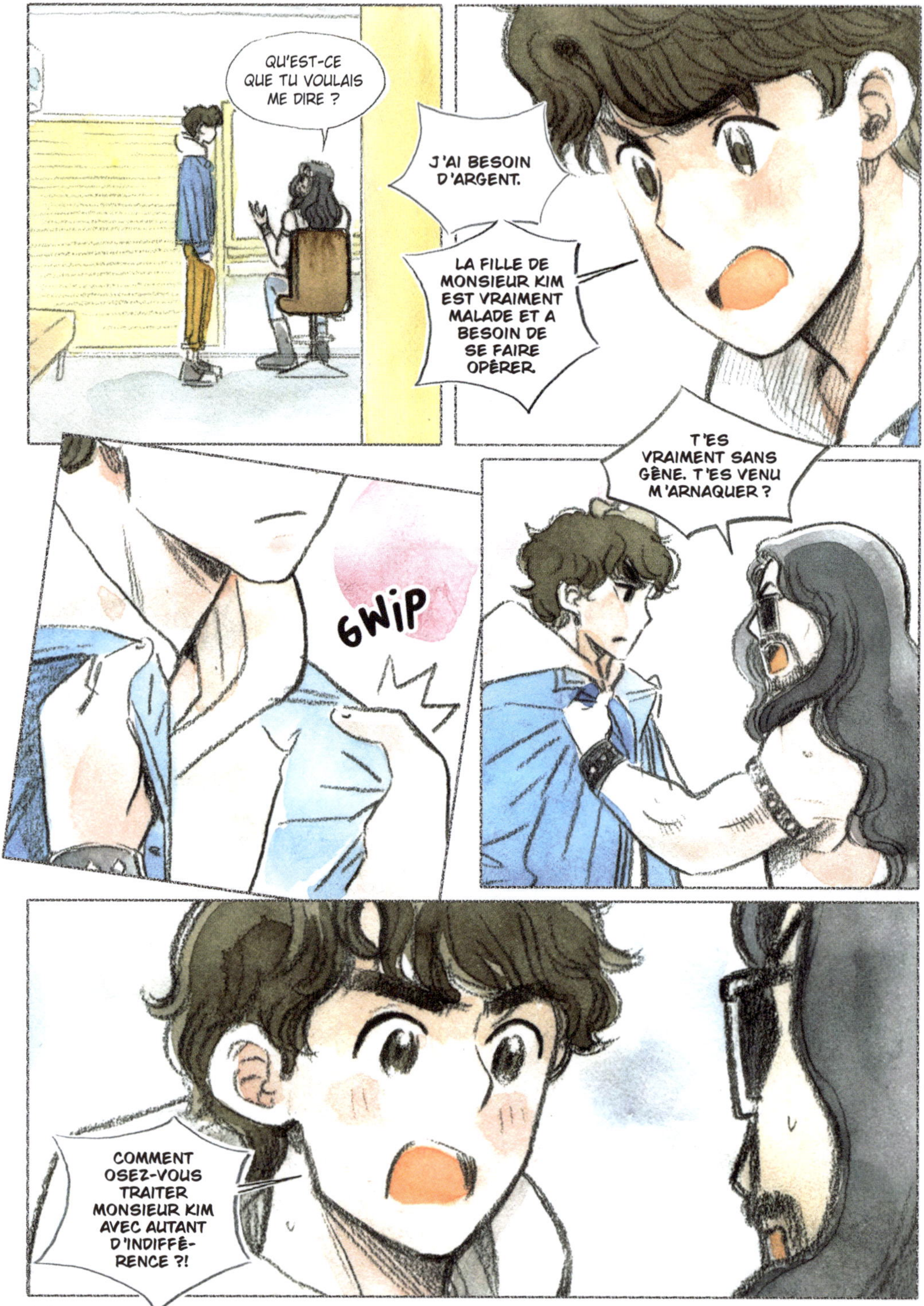
QU'EST-CE QUE TU VOULAIS ME DIRE ?
J'AI BESOIN D'ARGENT.
LA FILLE DE MONSIEUR KIM EST VRAIMENT MALADE ET A BESOIN DE SE FAIRE OPÉRER.
GWIP
T'ES VRAIMENT SANS GÊNE. T'ES VENU M'ARNAQUER ?
COMMENT OSEZ-VOUS TRAITER MONSIEUR KIM AVEC AUTANT D'INDIFFÉ-RENCE ?!

QUI T'A DONNÉ LE DROIT DE ME FAIRE LA MORALE, GAMIN ?
OCCUPE-TOI DE TES AFFAIRES !
EH ! LÂCHE-LE !
JE T'AI DIT DE LE LÂCHER ! TOUT DE SUITE !
EUH… LÂCHEZ-LE.
TIENS, TIENS… ÇA NE SERAIT PAS NOTRE CHÈRE COMPOSI-TRICE ?
JE RÊVE OU TU VIENS DE ME TUTOYER ?

LA CHANSON QUE TU AS COMPOSÉE POUR MOI N'ÉTAIT VRAIMENT PAS TERRIBLE.
...
C'ÉTAIT UN VÉRITABLE FIASCO. UN ÉNORME FLOP.
C'ÉTAIT TELLEMENT DIFFÉRENT ET NOUVEAU QUE J'AI FAILLI Y CROIRE. MAIS EN FAIT, NON, C'ÉTAIT JUSTE NUL.
PFFT
C'EST BIEN POUR ÇA QU'ELLE ÉTAIT GRATUITE.
COMMENT ?!

J'AI ÉCRIT UNE CHANSON QUI VAUT 6 700 €. VOUS VOULEZ L'ENTENDRE ?
PARDON ?! 6 700 € ?
!

N'IMPORTE QUOI ! JE SAIS QUE VOUS CHERCHEZ JUSTE À M'ARNAQUER
SI VOUS NE NOUS CROYEZ PAS...
FFT
ALORS NOUS VOUS LE PROUVERONS SUR SCÈNE !

T'AS FINI DE NETTOYER LES TABLES ?
TSSSH
IL NOUS RESTE 30 MINUTES AVANT LE SHOW.
KSSH
T'ÉTAIS ENCORE EN RETARD AUJOURD'HUI, NON ?
FFT
FAIS GAFFE, TU VAS FINIR PAR TE FAIRE VIRER.

GRMPF
TU POURRAIS ME RÉPONDRE AU LIEU DE ME FIXER SANS RIEN FAIRE ! FRANCHEMENT, T'ABUSES !
SWISH
DANS QUELLE PÉTRIN T'ES-TU ENCORE EMBARQUÉE ?
HA HA ! C'EST PAS POUR ÊTRE MÉCHANT, MAIS T'AS UNE TÊTE AFFREUSE.
HA HA !
HA HA !
OU AU MOINS, APPORTE-MOI LA VAISSELLE.

HA HA !
QUOI ?! RÉPÈTE POUR VOIR ?
ÇA SERAIT PAS DE LA MORVE QUE JE VOIS ?
OUI, C'EST DE LA MORVE. ET ALORS ?!
HEIN ?
SNIF
ZIEUT

ATTENDS... TU AS ATTRAPÉ UN RHUME ?
LA GUITARE DE SALLY
CUISINE
MORVE QUI COULE
SCRIT SCRIT
TU NE PEUX PAS RESTER EN CUISINE SI TU AS LE NEZ QUI COULE !
TU T'INQUIÈTES POUR MOI ?
BIEN SÛR QUE NON, C'EST JUSTE DÉGOÛTANT ! SORS DE LÀ !
PARDON ?!
FWOOSH
T'ES UN NID À MICROBES, VA-T-EN !

BEURK…
DU BALAI !
ÇA VA, J'AI COMPRIS !
SÉRIEUSE-MENT, À QUOI ELLE PENSE ?
PAF
PAF
SALUT.
FRSCH
HÉ HÉ !
OH, MAIS…!

TU ES BIEN RENTRÉE CHEZ TOI L'AUTRE SOIR ?
POURQUOI ?
JE TE PLAIS ?
EUH...
CLING
JE N'AI PAS DIT ÇA...

BRR
BRR BRR
BRR
BRR
HANA...
TU ES SÛRE QUE ÇA VA ?
COMMENT ÇA ?

TU TREMBLES.
HEIN ?

OH...
BRR
BRR

BAN HANA EN CONCERT
TOURNÉE NATIONALE
CONCERT
TIONALE
VIP ROOM
BAN HANA
TIENS, PRENDS ÇA.

ÇA DEVRAIT T'AIDER À GÉRER TON STRESS.
...
BRR BRR
HANA N'A RIEN MANGÉ DE LA JOURNÉE, ÇA M'INQUIÈTE UN PEU...
ÇA NE FAIT RIEN.
QU'EST-CE QUE JE T'AI DIT, HANA ? LES CRISES DE PANIQUE NE SONT PAS UNE MALADIE, C'EST DANS LA TÊTE.
CE MÉDICAMENT PEUT SE PRENDRE À JEUN.
OUI, MAIS...
FFT
C'EST NORMAL D'ÊTRE STRESSÉE AVANT UN CONCERT.

PENSE AUX FANS QUI SONT VENUS ICI POUR TE VOIR.
TU IRAS MIEUX UNE FOIS QUE TU LES AURAS PRIS, ALORS AVALE-LES D'UN TRAIT ET VA VITE TE PRÉPARER !
GLOU GLOU
C'EST BIEN MA FILLE.
Ah, les tenues sont là !

C'EST CENSÉ ÊTRE SA TENUE POUR SON MORCEAU PRINCIPAL ?
ÇA NE COLLE PAS BIEN AVEC LA CHANSON.
CELLE-CI EST BIEN MEILLEURE, ELLE METTRA SON CORPS EN VALEUR.
TOUS LES CHANTEURS PORTENT CE GENRE DE TENUES LORSQU'ILS PERFORMENT SUR SCÈNE.
HANA SERA RESPLENDISSANTE DANS CETTE ROBE !
HAA...
J'AI PAS ENVIE DE PORTER UNE ROBE AUSSI MOULANTE.

POURQUOI ? AVEC UN CORPS PAREIL, CETTE TENUE EST FAITE POUR TOI.
LES GENS PRENNENT DES PHOTOS BIZARRES DE MOI ET LES POSTENT SUR INTERNET.
Fais-moi confiance.
NE T'EN FAIS, JE PORTERAI PLAINTE CONTRE CHACUNE DE CES PERSONNES.
TU ES UNE ARTISTE, ET CETTE ROBE IRA PARFAITEMENT AVEC TA CHANSON. SI CES SALES PERVERS VOIENT LES CHOSES AUTREMENT, C'EST LEUR PROBLÈME !
TU TIENS VRAIMENT À DÉCEVOIR TES FANS ?

ALLEZ, VA LA METTRE. JE T'AIDERAI.
ÇA IRA, JE PEUX LE FAIRE SEULE.
OUAAAH !
OUAAAH !
BAN HANA
OUAAAH !
OUAAH !
OUAAAH !

OUAAH !
OUAAH !
OUAAH !
OUAAH !
BRR
BRR
OUAAH !
BEN ALORS, ELLE CHANTE PAS ?
POURQUOI ELLE RESTE LÀ SANS RIEN FAIRE ?
BROUHAHA
BROUHAHA
BRR
BRR

PFFT
OUI. ET PAR LE PASSÉ, OU PLUTÔT, DANS LE FUTUR...
TU ME SERAS D'UNE GRANDE AIDE.

TOC TOC
J.A. ENTERTAINMENT
ENTREZ.
PDG JI SUHO
MONSIEUR JI !
WHOOSH
HMM ?
PDG JI SUHO

MON PLANNING EST VIDE, TOUT A ÉTÉ ANNULÉ.
GRML
C'EST VOUS QUI AVEZ FAIT ÇA ?
OUI. TU AS BEAUCOUP ENCHAÎNÉ CES DERNIERS TEMPS. PRENDS-TOI DES VACANCES.
VOUS N'AVEZ PAS LE DROIT D'ANNULER DES ENGAGEMENTS DÉJÀ FIXÉS DANS MON AGENDA !
POURQUOI TU TE PLAINS ? TU N'ARRIVES MÊME PAS À MONTER SUR SCÈNE SANS TES MÉDICAMENTS !

GRRR
GRRR
TOC TOC
MONSIEUR, LE PRODUCTEUR DE "LÉGENDES DE LA CHANSON" A DEMANDÉ SI HANA ÉTAIT DISPONIBLE POUR PARTICIPER À L'ÉMISSION.
JE LUI AI DÉJÀ DIT QUE NON.
SI, SI, JE SUIS LIBRE !
...!
FWOOSH
JE MONTERAI SUR SCÈNE SANS PRENDRE DE MÉDICAMENTS.
FWIP

ET SI JE GAGNE, VOUS DEVREZ ME LAISSER CONTINUER MES ACTIVITÉS.
WIP
WIP

HAA...
This must be love
MÊME LES ARTISTES LES PLUS TALEN-TUEUX ONT REFUSÉ DE REPRENDRE CETTE CHANSON.
BEAUCOUP ONT ESSAYÉ, MAIS AUCUN N'A RÉUSSI.
This must be love
LA FAMEUSE CHANSON "THIS MUST BE LOVE" DE WOO JAE-AH.
SI TU PERDS, TU DEVRAS TE REPOSER JUSQU'À CE QUE TON ANXIÉTÉ S'AMÉLIORE.
EST-CE QUE J'EN SUIS VRAIMENT CAPABLE ?

Ban Hana remporte les Légendes de la chanson avec 447 points.
Le public a cru voir la réincarnation de Woo Jae-ah.
La performance légendaire de Ban Hana.
L'apothéose de l'auteure-compositrice-interprète.
Ban Hana décroche le très convoité premier prix des Légendes la chanson.
Bien plus qu'une simple chanteuse pop, une véritable musicienne.
DANS LE PASSÉ… OU PLUTÔT, À L'AVENIR, TU ME SERAS D'UNE GRANDE AIDE.

ALORS, COMME À L'ÉPOQUE...
TU VEUX BIEN M'AIDER DE NOUVEAU ?
COMMENT ?
J'AI BESOIN QUE QUELQU'UN M'ACCOMPAGNE À LA GUITARE.
TU VEUX QUE JE JOUE AVEC TOI ?

OUI !
FWIP
FWIP
WHOOSH
WHOOSH
TCHAC
JE VAIS OUBLIER
CHAQUE LARME
VERSÉE…

CETTE FIN TRISTE, COMME UNE NUIT D'ÉTÉ.
T'EN PENSES QUOI ?
HUFF
HUFF
T'AS PAS AUTRE CHOSE ?
LE DESTIN SE JOUE DE NOUS...
COEURS BRISÉS...
SWISH
SWISH
RÊVES ENVOLÉS...
SWISH

TU PENSES ?
FIOU... D'ACCORD.
D'OÙ NAÎT CET AMOUR QUE JE NE SAIS CONTRÔLER...
GRMBL
JE RÊVE DE ME RAPPROCHER POUR TE TOUCHER....
GRMBL

C'EST TOUT CE QUE J'AI.
JE VERRAIS BIEN QUELQUE CHOSE DE CE GENRE POUR LA SUITE.
J'ADORE !
MAINTENANT, IL NE NOUS RESTE PLUS QU'À TROUVER LES PAROLES.

JE CROIS QUE J'AI UNE IDÉE !
SÉRIEUX ?!
DIEU DE LA MUSIQUE

QU'EST-CE QUE FAIT JAE-AH SUR SCÈNE ?
!

JE SUIS PARALYSÉE PAR LE TRAC.
BRR BRR BRR
BRR BRR
COMME QUOI, MES PROBLÈMES D'ANXIÉTÉ NE VONT PAS MIEUX.
BROUHAHA
...
BROUHAHA
...!

D'OÙ NAÎT CET AMOUR QUE JE NE SAIS CONTRÔLER…
JE RÊVE DE ME RAPPROCHER POUR TE TOUCHER….
CLING

OUAAH !
OUAAH !
CLAP
CLAP
CLAP
CLAP
CLAP
CLAP
CLAP
CLAP
HMM...
UNE BALLADE EN TONALITÉ MAJEURE...
HEIN ?!
C'EST NOVATEUR ET ACCROCHEUR.

NOVATEUR ET ACCROCHEUR ?
AAH... MON COEUR BAT ENCORE À TOUTE VITESSE.
MERCI, C'EST GRÂCE À TOI QUE J'AI PU LE FAIRE.
FFT
TU AS ÉTÉ GÉNIALE.
PAT PAT

FFT
T'EN AS PENSÉ QUOI ?
ÇA M'A LAISSÉ SANS VOIX, C'ÉTAIT MAGNIFIQUE.
HMM...
LA CHANSON ÉTAIT SYMPA, MAIS LES CHANTEURS MANQUAIENT DE QUELQUE CHOSE.
TU TROUVES ? MOI, J'AI BIEN AIMÉ.

À MON AVIS, ÇA RENDRAIT ENCORE MIEUX AVEC LA VOIX GRAVE ET VIRILE DE TAECHUL.
J'EN AI ASSEZ VU. ALLONS-Y.
FWIP
OH, ET IL VA ME FALLOIR 6 700 €. ALLEZ LES PRÉPARER.
HÉ HÉ !
BIEN, CHEF.
PFFT

BINGO !
MÊME SI C'ÉTAIT CALCULÉ, CE QUE TU AS DIT ÉTAIT VRAIMENT PAS GENTIL !
COMMENT AS-TU PU CRITIQUER LA PERFORMANCE DE JAE-AH ?!
LES EXTRATERRESTRES NE CHANTENT PAS BIEN. LEUR VOIX EST TROP DOUCE.
TU DÉLIRES, OU QUOI ?!
EH OH ! JE TE PARLE !
GRMPF

IL FAUT QUE TU ÉCOUTES QUAND ON TE...
OH !
TU VEUX QUE JE TE PRÊTE UN PEU PLUS D'ATTENTION ?
PARDON...?
FÉLICITATIONS, JAE-AH !
JE N'ARRIVE PAS À CROIRE QUE TAECHUL AIT ACHETÉ CETTE CHANSON POUR 6 700 €.
PEUT-ÊTRE QUE LES CHOSES VONT ENFIN POUVOIR S'ARRANGER.
HA HA HA !
ET SI C'ÉTAIT ENFIN TA CHANCE DE BRILLER ?
WOUHOU !
DE QUOI TU PARLES ?

SI TU FAIS UN ALBUM AVEC CET ARGENT, TU DEVIENDRAS UNE STAR EN UN RIEN DE TEMPS.
GNIP
NE T'EN FAIS PAS, JE RESTERAI À TES CÔTÉS.
WIP WIP
ILS SONT ADORABLES.
JE SAIS DÉJÀ QUOI FAIRE DE CET ARGENT.
BEURK !
ARGL !
COMMENT ÇA ? TU COMPTES EN FAIRE QUOI ?
C'EST LA PREMIÈRE FOIS QUE TU GAGNES DE L'ARGENT AVEC TA MUSIQUE, ALORS AUTANT L'INVESTIR DANS TA CARRIÈRE !
À QUOI D'AUTRE POURRAIT-IL SERVIR, SI CE N'EST POUR TON ALBUM ?
POUR L'OPÉRATION DE SOOKHEE.

UNE OPÉRATION ? QUELQU'UN DE TA FAMILLE EST MALADE ?
NON... SOOKHEE, LA FILLE DE MONSIEUR KIM.
ATTENDS, MAIS MONSIEUR KIM...
C'EST BIEN CELUI À QUI JE PENSE ?
MONSIEUR KIM, CELUI QUI T'A FAIT VIVRE UN ENFER JUSTE POUR FINALEMENT AIDER TAECHUL À DÉBUTER À TA PLACE ?!
C'EST UNE BLAGUE ?
PEU IMPORTE CE QUI S'EST PASSÉ, JE LUI SUIS RECONNAISSANT.
Trop mignon...
HAA...

FFT
VLAM
C'EST TOI QUI AS FAIT ÇA ?!
FLAP
PARDON, JE NE SAVAIS PAS QUE J'ÉTAIS EN PRÉSENCE DE MONSIEUR BEETHOVEN EN PERSONNE...!

QU'EST-CE QUI TE PREND ?!
QU'EST-CE QUI ME PREND ??
TU OSES ME DIRE ÇA ALORS QUE TU AS RATURÉ TOUT MON TRAVAIL ?! QUI T'A AUTORISÉ À TOUCHER À MA PARTITION ?
JE N'AI FAIT QUE SUIVRE LES INSTRUCTIONS DE MONSIEUR KIM.
Alors...
OH ! ALORS COMME ÇA, MONSIEUR KIM T'A DEMANDÉ DE RETRAVAILLER MA CHANSON ?
SI C'EST ÇA, JE VAIS DEVOIR M'ASSURER QUE TU IGNORES TOUT CE QU'IL TE DEMANDE DE FAIRE À L'AVENIR.
GNIP

MONSIEUR KIM, NOUS AVONS REÇU UN AVIS STIPULANT QUE NOUS DEVRONS QUITTER LES LIEUX SI LE RETARD DE LOYER N'EST PAS RÉGLÉ AVANT LE MOIS PROCHAIN.
JE SAIS. NE T'EN FAIS PAS POUR ÇA.
JE VIENS DE RECEVOIR UN VIREMENT.
C'EST TAECHUL QUI A FAIT ÇA ?

...
IL EST VRAI QU'IL A UN SALE CARACTÈRE...
This must
MAIS AU FOND, CE N'EST PAS UNE MAUVAISE PERSONNE.
VIENS AVEC MOI UNE SECONDE.
?

VOUS PENSEZ POUVOIR LA RÉPARER ?
À CE PRIX-LÀ, VOUS FERIEZ MIEUX D'EN ACHETER UNE NOUVELLE.
CE GAMIN A ÉCONOMISÉ PENDANT DES MOIS POUR ACHETER SA PREMIÈRE GUITARE. IL Y TIENT BEAUCOUP.
PEU IMPORTE LE COÛT, JE VOUS DEMANDE DE LA RÉPARER.
VOUS AVEZ À PEINE DE QUOI PAYER LE LOYER...
ACHETONS-EN UNE D'OCCASION.
JE NE LE FERAIS PAS POUR N'IMPORTE QUI, MAIS POUR TOI JE SUIS PRÊT À TOUT.

TIENS, QU'EST-CE QUE C'EST ?
C'EST UN LECTEUR DE CASSETTES, PARFAIT POUR ÉCOUTER DE LA MUSIQUE.
IL A AUSSI LA FONCTION D'ENREGISTREMENT, CE QUI VOUS PERMET DE CAPTURER UNE MÉLODIE QUAND ELLE VOUS VIENT À L'ESPRIT, PUIS DE LA RÉÉCOUTER À VOTRE CONVENANCE.
MAIS IL N'EST PAS DONNÉ...
OUAH !
ON VOUS EN PREND UN. CE GAMIN A UN VÉRITABLE DON POUR ÉCRIRE DES CHANSONS.
MONSIEUR KIM !

TIENS, CADEAU.
PRENEZ BIEN SOIN DE SA GUITARE, S'IL VOUS PLAÎT !
COMPTEZ SUR MOI. JE VOUS LA RENDRAI COMME NEUVE.
TU ATTENDS QUOI, JAE-AH ? ALLONS BOIRE UN VERRE.
AH... D'ACCORD.
Réparation violon violoncelle guitare
SI TAECHUL T'EMBÊTE DE NOUVEAU, NE TE LAISSE PAS FAIRE ET RENTRE-LUI DEDANS. JE M'OCCUPERAI DES CONSÉQUENCES.

APRÈS TOUT, SANS COURAGE, IL EST DIFFICILE POUR UN HOMME DE SE FRAYER UN CHEMIN DANS CE MONDE.
RECONNAISSANT OU NON, C'EST PAS UNE RAISON POUR DONNER TOUT TON ARGENT À MONSIEUR KIM !
GRMPF
SI TU LUI DONNES CET ARGENT, JE NE T'ADRESSERAI PLUS JAMAIS LA PAROLE.
MAINTENANT QUE J'Y PENSE, C'EST HANA QUI A COMPOSÉ CETTE CHANSON, PAS MOI.
DONC, CET ARGENT EST TECHNIQUEMENT LE SIEN.

C'EST À ELLE DE CHOISIR CE QU'ELLE SOUHAITE EN FAIRE.
ZIEUT
C'EST VRAI, ÇA !
TCHAC
À TOI DE DÉCIDER !
QUI ? MOI ?!

ALORS, QUELLE EST TA DÉCISION ?
FFT
POURQUOI DEVRAIS-JE M'IMPLIQUER DANS UNE AFFAIRE QUI NE ME CONCERNE PAS, DANS UN MONDE QUI N'EST MÊME PAS LE MIEN ?
MOI...?!
D'AUTANT QUE MA DÉCISION POURRAIT CHANGER LE FUTUR.
HAA...
BLING
BLING
GRRR
MAIS C'EST LA DERNIÈRE CHANCE QU'A JAE-AH. S'IL NE PARVIENT PAS À PRODUIRE D'ALBUM, ALORS...
AAH... MAIS COMMENT POURRAIS-JE IGNORER CES YEUX IMPLORANTS ?
FFT
FAISONS CE QUE JAE-AH VEUT.

UTILISONS CET ARGENT POUR L'OPÉRATION.
HANA ! TOI AUSSI ?!
FWOOSH
ÇA SENT LE BRÛLÉ.
ÇA DOIT ÊTRE LE POISSON !
AS-TU OUBLIÉ TOUT CE QU'ON A DÛ TRAVERSER POUR EN ARRIVER LÀ ?
QUITTE À ÊTRE DEBOUT, VA ÉTEINDRE LE FEU.
TAP TAP
TU SEMBLES OUBLIER NOTRE OBJECTIF COMMUN !
LA FILLE EST MALADE, SUHO ! QUE VEUX-TU QUE JE FASSE ?

FRANCHEMENT, JAE-AH, TU ME DÉÇOIS.
OH NON, C'EST IMMAN-GEABLE.
TSCHHH
TU SAIS COMBIEN TU COMPTES POUR MOI, JAE-AH ?
RAAH... QU'EST-CE QUE JE FAIS ICI ?
RAMENEZ-MOI ! ON NE POURRA JAMAIS OBTENIR UNE DEUXIÈME FOIS UNE TELLE SOMME.
?
TU ES LIBRE DEMAIN, HANA ?
BIEN SÛR... JE N'AI JAMAIS RIEN DE PRÉVU. POURQUOI ?

ÇA TE DIT D'ALLER QUELQUE PART AVEC MOI ?
JAE-AH ! NE RESTE PAS LÀ ET VIENS M'AIDER !
IL VA FALLOIR QUE TU T'IMPLIQUES PLUS DANS LES TÂCHES MÉNAGÈRES. J'AI TOUJOURS TOUT FAIT !
GRMPF
D'ACCORD...
DEMAIN, JAE-AH ET HANA ONT UN DATE.
UN DATE ?
SCRIT
SCRIT
OUI, UN DATE.
SCRIT
SCRIT
C'EST QUOI, ÇA, UN "DATE" ?
SCRIT
SCRIT

UN RENDEZ-VOUS GALANT !
RAAH !
Arrête de me parler, j'écris !
OH…
UN RENDEZ-VOUS GALANT ?
BLUSH
BLING
BLING
HI HI !
FFT
JA

TU L'AS RÉPARÉ ?! MERCI BEAUCOUP, JE VAIS ENFIN POUVOIR RENTRER.
OUI, ALORS DÉPÊCHE-TOI DE RETOURNER D'OÙ TU VIENS.
D'ACCORD... MERCI POUR TOUT.
C'EST ELLE !
SWISH
ATTENDS... PAR "RETOURNER", TU VOULAIS DIRE, À L'HÔPITAL ?

TU AS BESOIN DE TE FAIRE SOIGNER...
TU NE PEUX PAS CONTINUER À VIVRE AINSI.
GNIARK
TU FAIS ERREUR... JE NE SUIS PAS FOLLE !
JE NE VEUX PAS Y RETOURNER ! JAMAIS !
MMH...

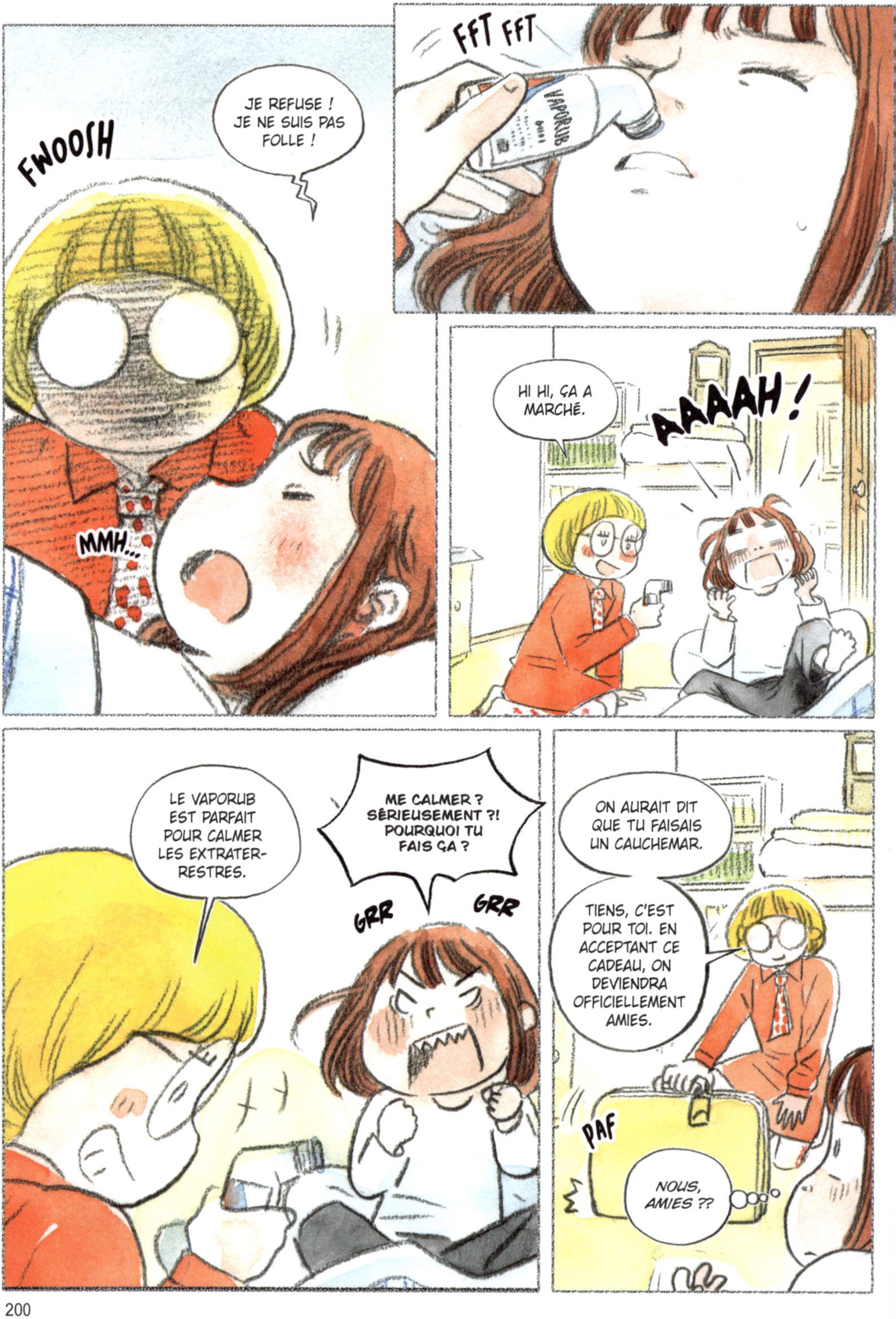
FWOOSH
JE REFUSE ! JE NE SUIS PAS FOLLE !
FFT FFT
VAPORUB
MMH...
HI HI, ÇA A MARCHÉ.
AAAAH !
LE VAPORUB EST PARFAIT POUR CALMER LES EXTRATER-RESTRES.
ME CALMER ? SÉRIEUSEMENT ?! POURQUOI TU FAIS ÇA ?
GRR
GRR
ON AURAIT DIT QUE TU FAISAIS UN CAUCHEMAR.
TIENS, C'EST POUR TOI. EN ACCEPTANT CE CADEAU, ON DEVIENDRA OFFICIELLEMENT AMIES.
PAF
NOUS, AMIES ??

C'EST QUOI ?
IL VA FALLOIR TE RELOOKER UN PEU.
LÈVE-TOI, ON A DU PAIN SUR LA PLANCHE.
HEIN ? POURQUOI ?
TU AS OUBLIÉ ? TON RENDEZ-VOUS.
ÇA TE DIT D'ALLER QUELQUE PART AVEC MOI ?
AH, C'EST VRAI ! JE VOIS JAE-AH, AUJOURD'HUI.
BLUSH

GWIP
TADAH ! ÇA TE PLAÎT ?
OUAH…
MAINTENANT, IL NE NOUS RESTE PLUS QU'À ALLER CHEZ LE COIFFEUR.
J'AI BESOIN D'UNE NOUVELLE COUPE ?

PLOC
PLOC
TU VAS OÙ HABILLÉE COMME ÇA ?
CHEZ LE COIFFEUR ME FAIRE UNE COULEUR ET UNE PERMANENTE.
...!
AVEC QUEL ARGENT ? TU AS DÉPENSÉ 6 700 € HIER.
VIENS, JE VAIS TE LES FAIRE MOI-MÊME.
TU SAIS COMMENT COUPER ET TEINDRE LES CHEVEUX ?

ASSIEDS-TOI, JE TE DIS. IL VA DE NOUVEAU FALLOIR QU'ON ÉCONOMISE NOTRE ARGENT.
REGARDE MES CHEVEUX, JE L'AI FAIT MOI-MÊME.
MOUAIS... JE SUIS PAS CONVAINCUE...
MAIS ON DOIT ÉCONOMISER DE L'ARGENT, ALORS...
BLOG
BLOP
OUAH !
VOILÀ, C'EST PRÊT.
C'EST LA PREMIÈRE FOIS QUE JE VAIS FAIRE UN BAIN DE BIÈRE...
T'ES SÛR QUE ÇA VA MARCHER ?
HAA...
MAIS OUI, FAIS-MOI CONFIANCE.
PAF
AAH !
CHEVEUX À LA BIÈRE

ÇA DEVRAIT ÊTRE BON.
FRSCH
TADAH
WHOOSH
WHOOSH
ALORS ?

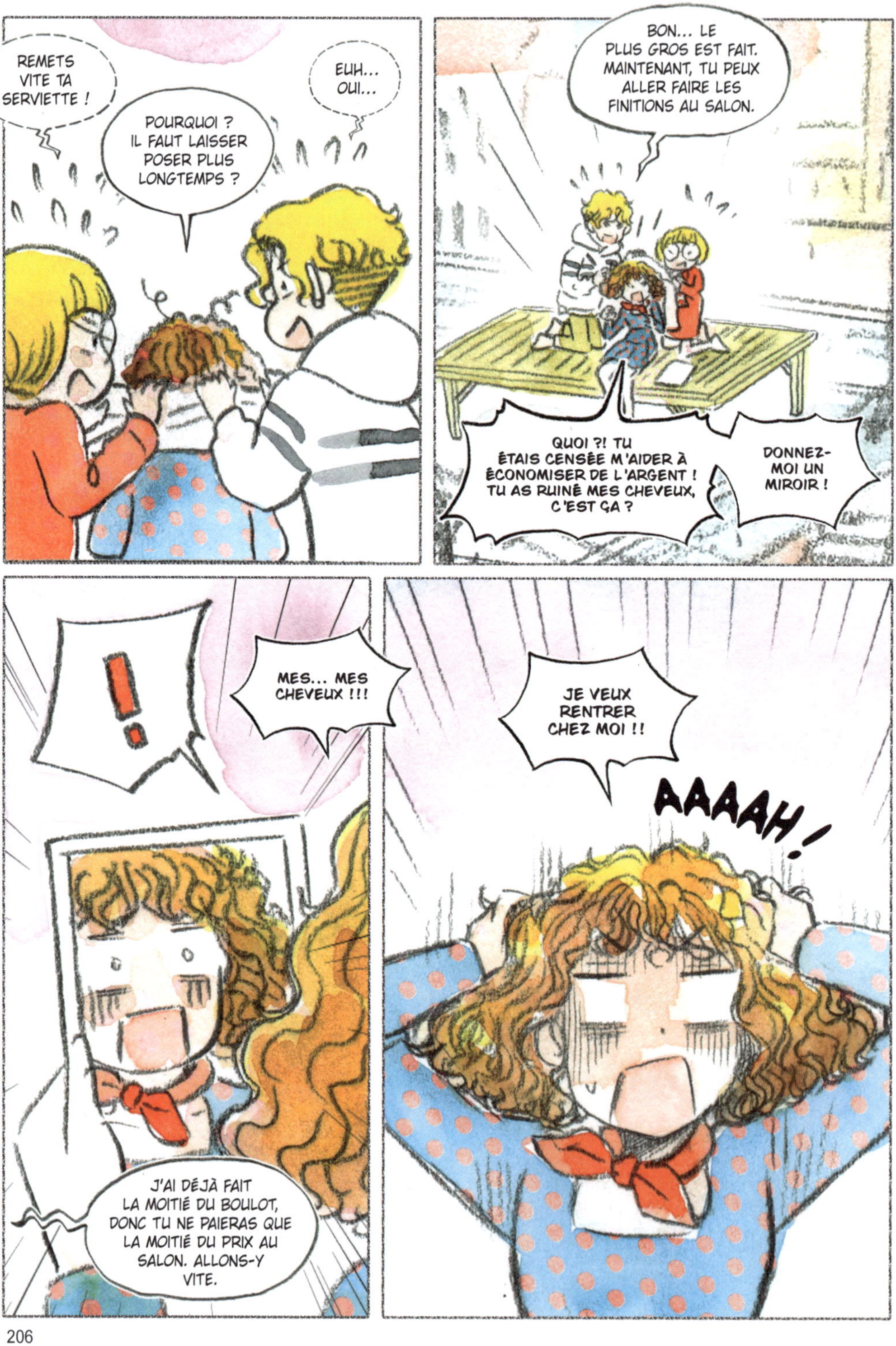

REMETS VITE TA SERVIETTE !
POURQUOI ? IL FAUT LAISSER POSER PLUS LONGTEMPS ?
EUH... OUI...
BON... LE PLUS GROS EST FAIT. MAINTENANT, TU PEUX ALLER FAIRE LES FINITIONS AU SALON.
QUOI ?! TU ÉTAIS CENSÉE M'AIDER À ÉCONOMISER DE L'ARGENT ! TU AS RUINÉ MES CHEVEUX, C'EST ÇA ?
DONNEZ-MOI UN MIROIR !
!
MES... MES CHEVEUX !!!
J'AI DÉJÀ FAIT LA MOITIÉ DU BOULOT, DONC TU NE PAIERAS QUE LA MOITIÉ DU PRIX AU SALON. ALLONS-Y VITE.
JE VEUX RENTRER CHEZ MOI !!
AAAAH !

HA HA HA !
HA HA HA !
SALON DE COIFFURE
HA HA HA !
HA HA HA !
J'ESPÈRE QUE CE N'EST QU'UNE PURE COÏNCIDENCE QU'ELLES AIENT TOUTES LA MÊME COUPE.
HAA...
J'AI DEMANDÉ À AVOIR QUE DE LÉGÈRES ONDULATIONS, ÇA DEVRAIT ALLER.
SCREEN
FFT

ON DIRAIT BIEN QU'ON A LES MÊMES GOÛTS.
PRENDS-LE, JE VAIS LIRE AUTRE CHOSE.
SCREE
ON PEUT AUSSI LE LIRE ENSEMBLE.
ALORS, VOYONS VOIR CE QUE ÇA DONNE...
BIEN, ON PEUT PASSER AU RINÇAGE. SUIS-MOI.
SALO

LA PERMANENTE REND SUPER BIEN !
FSSSHH
AAH ! C'EST LA MÊME COUPE QUE LES GRAND-MÈRES, JUSTE LÉGÈREMENT PLUS LONG !!
AAAAAH !
CETTE COUPE M'EST FAMILIÈRE...
HA...
OÙ EST-CE QUE JE L'AI VUE ?
HÉ HÉ !
HA HA... AU MOINS LA COULEUR A BIEN PRIS...

TAP
TAP
REDIS ÇA, POUR VOIR ?! SI LA COULEUR TE PLAÎT TANT, ON N'A QU'À TE FAIRE LA MÊME !
MINCE, T'AS VU L'HEURE ? IL FAUT QUE J'AILLE EN COURS...
À PLUS !
REVIENS, ESPÈCE DE LÂCHE !!
TADADAC
PAF
OÙ VAS-TU ? C'EST PAS FINI, IL TE RESTE ENCORE LES DERNIÈRES FINITIONS.

177
C'EST UN CASSE-TÊTE DE TROUVER SON CHEMIN SANS TÉLÉPHONE.
ELLE RESSEMBLE À UNE BARBE À PAPA.
FWIP
FWIP
ARGH ! J'AI L'AIR SI RINGARDE...
C'EST LA PIRE CHOSE QUI AURAIT PU M'ARRIVER.
PSST PSST
PSST PSST
WENDY'S
WENDYS HAMBURGERS
...!
J'Y SUIS !

FWIP
FWIP
LE VOILÀ !
ZIEUT
HA HA... SALUT.
AAAH !! TES CHEVEUX !
C'EST LA FAUTE DE SUHO...

C'EST AFFREUX, PAS VRAI ?
NON, J'AIME BIEN.
MENTEUR...
SI, C'EST VRAI, JE TROUVE ÇA MIGNON.
HAA...
C'EST COMME S'IL N'AVAIT JAMAIS ÉTÉ CASSÉ !
TIENS, C'EST POUR TOI.
OH !!
FFT

TU AS RÉUSSI À TROUVER LES TOILETTES ?
QU'EST-CE QUE T'AS FAIT À TES CHEVEUX ?
PFFT
DE QUOI ?
AH ! SALUT, SOOKHEE !
JE SAIS, C'EST HORRIBLE...
ELLE A ÉTÉ AUTORISÉE À SORTIR EXCEPTIONNELLEMENT ET VOULAIT TE VOIR, ALORS J'AI PLANIFIÉ CETTE RENCONTRE.
JE VOIS... IL VOULAIT DONC ME VOIR, AVEC SOOKHEE...

CE N'ÉTAIT PAS UN RENDEZ-VOUS GALANT.
PAS ÉTONNANT QUE J'AIE FAIT UN CAUCHEMAR...
T'AS DIT QUOI ? J'AI PAS ENTENDU.
HA HA ! RIEN DU TOUT.
ON POURRA ALLER FAIRE DU VÉLO APRÈS MANGER ?
TU RISQUES DE TOMBER ET DE TE BLESSER, NON ?
OUI, MAIS J'EN AI JAMAIS FAIT. JE RÊVE D'APPRENDRE À FAIRE DU VÉLO...

...
SI JE T'APPRENDS À EN FAIRE, TU ESSAIERAS DE VOIR TON DÉPART EN AMÉRIQUE COMME UNE BONNE CHOSE ?
D'ACCORD, J'ESSAIERAI.
BLING
SOOKHEE VA PARTIR AUX ÉTATS-UNIS ?
QUELQU'UN A ACCEPTÉ DE LA PARRAINER, ALORS ELLE VA POUVOIR SE FAIRE SOIGNER LÀ-BAS.

OUAH, C'EST INCROYABLE !
MAIS CETTE TÊTE DE MULE N'ARRÊTE PAS DE DIRE QU'ELLE N'IRA PAS.
...
ÇA Y EST, TU ES BIEN INSTALLÉE ?

ILS ONT TELLEMENT DE CHANCE.
TU AS L'AIR D'AVOIR FROID. ÇA VA ?
JE N'AI PAS FROID.
MAIS TES LÈVRES SONT BLEUES ET TU AS L'AIR FRIGORIFIÉE.
RETOURNONS À L'HÔPITAL !
J'AI DIT QUE J'ALLAIS BIEN !
FWIP

POUR QUE LE TRAITEMENT SOIT EFFICACE, TU DOIS RESTER EN BONNE SANTÉ ET NE PAS TROP TE SURMENER. RENTRONS.
D'ACCORD... MAIS SEULEMENT APRÈS AVOIR MANGÉ LA BARBE À PAPA.
MARCHÉ CONCLU. EN ATTENDANT, VIENS LÀ.
!
JE TE GARDERAI AU CHAUD JUSQU'À CE QUE JAE-AH REVIENNE AVEC LA BARBE À PAPA.

C'EST MIEUX COMME ÇA, NON ?
OUI...
QUAND JIHYE EST PARTIE, JE CROYAIS QUE JE NE POURRAIS PLUS JAMAIS SOURIRE.
POURTANT, À CHAQUE FOIS QUE JE SUIS AVEC TOI, JE NE PEUX PAS M'EN EMPÊCHER.

MAIS SI JE T'AVOUE MES SENTIMENTS, CELA NE FERA QUE COMPLIQUER LES CHOSES POUR TOI.
OUAH !
PARCE QUE...
OUAH !

BLING
JE FINIS TOUJOURS PAR TOUT GÂCHER.

NOUS ASPIRONS TOUS À DEVENIR QUELQU'UN D'IMPORTANT.
TOI, POUR MOI. ET MOI, POUR TOI.
CHACUN ESPÈRE LAISSER UNE TRACE DANS LE COEUR DES AUTRES.
C'ÉTAIT SI TOUCHANT, MON COEUR !
J'AI LA NAUSÉE...
FFT

HAA...
LE FILM VA BIENTÔT COMMENCER.
ALLEZ-Y SANS MOI. JE RESTE LÀ.
TU ES SÛRE ?
OUI, OUI ! ON VOUS REJOINDRA UNE FOIS QUE JAE-AH SERA LÀ.
CAFE
EULJI
HAA...

VLAM
HUFF HUFF
DÉSOLÉ DE T'AVOIR FAIT ATTENDRE. UN AMI À MOI A UNE REPRÉSENTATION DEMAIN...
ET IL N'A PERSONNE POUR JOUER DU PIANO, ALORS JE ME SUIS PROPOSÉ. LA RÉPÉTITION NE DEVAIT PAS DURER SI LONGTEMPS...
ET JE N'AI PAS VU LE TEMPS PASSER.
C'EST BIEN QUE TU AIDES LES AUTRES... MAIS MOI DANS TOUT ÇA ?
TU NE TIENS JAMAIS TES PROMESSES ENVERS MOI.
JE NE COMPTE DONC PAS POUR TOI ?

JE SUIS DÉSOLÉ.
JUSQU'À QUAND VAIS-JE DEVOIR FAIRE PREUVE DE PATIENCE ET DE COMPRÉHENSION ?
...
LA SALLE DE BAIN EST LIBRE, TU PEUX Y ALL...
HEIN ? OÙ EST-IL PASSÉ ?

C'EST QUOI TOUT ÇA ?
JE NE FOUINE PAS… J'ORGANISE JUSTE.
AHEM…
ZIEUT
ZIEUT
ET PUIS, IL NE M'A JAMAIS INTERDIT DE LIRE SES PARTITIONS.
HI HI HI !
cheveux carrés, sourire qui fait rêver…
CHEVEUX CARRÉS, SOURIRE QUI FAIT RÊVER ?

ELLE SONT DEHORS !
HA HA… PARDON POUR LE RETARD.
HA HA HA…
ARRÊTE DE RIGOLER BÊTEMENT.
APRÈS TA PRESTATION DE LA DERNIÈRE FOIS, JE SUIS PRÊTE À TOLÉRER TON RETARD CETTE FOIS-CI.
DÉPÊCHE-TOI DE SORTIR LES POUBELLES.
PAF
OUI, MADAME !
WHOOSH
ARGH !

LA GUITARE DE SALLY
HUFF HUFF
!
HANA !
QU'EST-CE QUE TU FAIS ICI ?
JE TRAVAILLE.
TU AS FAIT UNE COULEUR ? C'EST JOLI. TU ES ALLÉE OÙ ?
CHEZ UN COIFFEUR.
MAIS TU TRAVAILLES ICI ?
TU PEUX PAS T'OCCUPER DE TES AFFAIRES ?

JE N'AI PAS BESOIN DE TON ARGENT.
JAE-AH ?!
VOUS EN AUREZ BESOIN LORSQUE VOUS SEREZ AUX ÉTATS-UNIS. PRENEZ-LE.
NON, GARDE-LE. ILS ONT DIT QU'ILS S'OCCUPERAIENT DE TOUT.
OH, MAIS C'EST TON COPAIN !
CHUT !
OUI, MAIS QUAND MÊME...
IL VA FALLOIR QUE JE RECOMMENCE À GAGNER MA VIE SI JE VEUX ENVOYER SOOKHEE À L'UNIVERSITÉ.
HA HA !

VOUS NE PARTEZ PAS AVEC ELLE ?
NON, MA SOEUR S'OCCUPERA D'ELLE À MA PLACE.
ALORS PRENEZ-ÇA POUR LUI PAYER SES ÉTUDES.
JAE-AH… ET SI…
GNIP

ON S'EN SERVAIT PLUTÔT POUR PRODUIRE TON ALBUM ?
PARDON ?!
OUAH ! CE TYPE ÉTAIT CHANTEUR ?!
FAIS MOINS DE BRUIT !
C'EST TOUJOURS RESTÉ DANS UN COIN DE MA CONSCIENCE, ALORS J'AIMERAIS POUVOIR T'AIDER SI TU LE VEUX BIEN.
OH...
JE T'EN SUPPLIE, JAE-AH, DIS OUI.
ÇA POURRAIT NE PAS FONCTIONNER...
!
IL ACCEPTE !

FWOOSH
IL VEUT UN ALBUM.
TCHAC
HANA ? QU'EST-CE QUE…
AH…
JE SUIS SA MANAGER !
JE M'ENGAGE À FAIRE DE CET ALBUM UN VÉRITABLE SUCCÈS.
CLAC
WHOOSH

VRRRM
JIHYE,
PAR ICI !

TU ES FOLLE DE REVENIR SANS MÊME LE DIRE À TES PARENTS.
QU'EST-CE QUE TU COMPTES FAIRE, MAINTENANT ?
C'EST JUSTE QUE...
...!
JE N'ARRIVE PAS À OUBLIER JAE-AH. JE VAIS ME REMETTRE AVEC LUI.

JAE-AH...
HAA...
SUPÉRETTE
HAA...
CIGARETTES

IL EST NEUF HEURES PASSÉES...
ELLE DOIT ENCORE ÊTRE AU TRAVAIL.
REDIS ÇA, POUR VOIR ?! SI LA COULEUR TE PLAÎT TANT, ON N'A QU'À TE FAIRE LA MÊME !
TAP
TAP
MINCE, T'AS VU L'HEURE ? IL FAUT QUE J'AILLE EN COURS...
SI JE RENTRE, FAIS MINE DE DORMIR, ET VAIS À L'ÉCOLE DE BONNE HEURE DEMAIN MATIN, JE NE DEVRAIS PAS LA CROISER.
FWOOSH
FWOOSH

ALLEZ, DEBOUT !
AAH ! C'EST QUOI CE CALEÇON COEUR ?!
!
!
CIGARETTES
DEPUIS CET INCIDENT, J'AI APPRIS QUE SI JE FAIS SEMBLANT DE DORMIR, JE DOIS RESTER SOUS LA COUETTE.
FFT FFT
100
1980
TADAH
HO HO !
GÉNIAL !

SALUT, SUHO.
HMM ?
JIHYE ?!
ÇA FAIT LONGTEMPS.
SUPÉRETTE
COMMENT SE FAIT-IL QUE TU SOIS ICI ? TU AS ABANDONNÉ TES ÉTUDES ?

TU ES VENUE VOIR JAE-AH ?
OUI, J'AIMERAIS LE CONVAINCRE DE S'INSTALLER À L'ÉTRANGER AVEC MOI.
MAIS IL N'ÉTAIT PAS LÀ QUAND JE SUIS ARRIVÉE. TU AS UNE IDÉE D'OÙ IL POURRAIT ÊTRE ?
IL TRAÎNE SÛREMENT AU BAR DE MA SOEUR.
CaptainQ
TCHAC

AUJOURD'HUI, C'EST MOI QUI RÉGALE. PROFITEZ-EN.
IL EST PAS TERRIBLE, CE WHISKY.
GRRR
HA HA...
Je plaisante !
ZIEUT
C'EST MOI !
TAP
AH !

QU'EST-CE QUE TU ME VEUX ?
POF
QU'EST-CE QUE JE TE VEUX ?!
GRRR
JE SUIS VRAIMENT DÉSOLÉ POUR TES CHEVEUX... J'AI FAIT DE MON MIEUX.
C'EST PAS ÇA LE PROBLÈME.
C'EST QUOI ALORS ?
Me tape pas, steuplé...
L'ALBUM DE JAE-AH VA ENFIN POUVOIR SE FAIRE !
C'est génial !

ET JE SERAI SA MANAGER !
COOL, C'EST...
ATTENDS, QUOI ?!
MONSIEUR KIM A DIT QU'IL NOUS AIDERAIT AUSSI.
AH, ET ON A TROUVÉ UN SPONSOR POUR SA FILLE.
OÙ EST JAE-AH ?
IL DORT SUR LE PIANO.

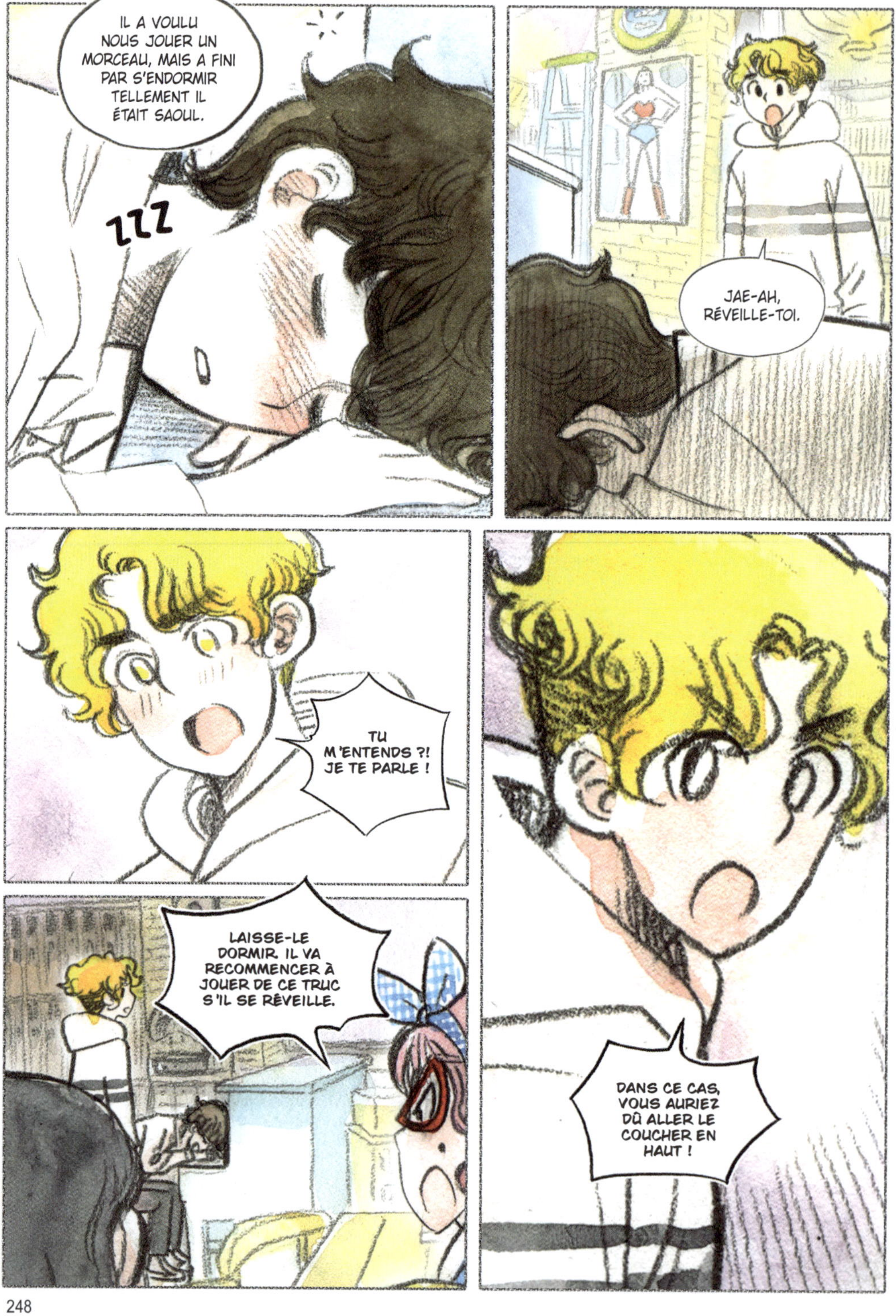
IL A VOULU NOUS JOUER UN MORCEAU, MAIS A FINI PAR S'ENDORMIR TELLEMENT IL ÉTAIT SAOUL.
ZZZ
JAE-AH, RÉVEILLE-TOI.
TU M'ENTENDS ?! JE TE PARLE !
DANS CE CAS, VOUS AURIEZ DÛ ALLER LE COUCHER EN HAUT !
LAISSE-LE DORMIR. IL VA RECOMMENCER À JOUER DE CE TRUC S'IL SE RÉVEILLE.

S'IL TE PLAÎT, JAE-AH...
OH... SUHO !
TU ES EN ÉTAT DE MARCHER ? IL Y A...
GNIP
SMACK
T'ES VRAIMENT MON MEILLEUR POTE, TU LE SAIS ÇA ?
MOUAH ! MOUAH ! MOUAH ! MOUAH !
AAH ! JAE-AH, ARRÊTE ! MOI AUSSI JE T'ADORE, MAIS TU POURRAIS MONTRER TON AFFECTION AUTREMENT !
J'Y PEUX RIEN SI TU ES UN AMI EN OR.

ALORS QUAND JAE-AH EST SAOUL, IL JOUE DU PIANO ET EMBRASSE LES GENS ?
COMME C'EST ROMANTIQUE...
OUI...
IL EST TELLEMENT ROMANTIQUE !
WHOOSH
TU T'ES DÉJÀ RENDORMI ?
GRML
GRML
NON, NON...
HÉ HÉ...

...
QU'EST-CE QUE TU FAIS, JAE-AH ?
COMMENT ÇA VA, JAE-AH ? TU ES HEUREUX ?
J'AI DÉCIDÉ D'ARRÊTER LA MUSIQUE.

MMH...
ÉVIDEMMENT...
FFT
...

JE LUI AVAIS POURTANT DIT DE NE PAS LE RÉVEILLER !!
LA GUITARE DE SALLY
JE M'OCCUPE DE LE RENDORMIR
TU VEUX JUSTE UN BISOU, AVOUE.
WHOOSH
PAS DU TOUT...!
JE VAIS DEMANDER À SUHO DE LE FAIRE POUR ÉVITER TOUT MALENTENDU.
MENTEUSE. POURQUOI TU BAFOUILLES ALORS ?
HÉ HÉ !
SUHO ? OÙ ES-TU ?
PFF... ELLE ME PREND POUR QUI ?!

LAISSE JAE-AH TRANQUILLE.
OH ?
JE NE L'AI JAMAIS VU AUSSI ÉPANOUI QU'EN CE MOMENT.

À suivre...